KB001483

철없게 쉼표 하나

너에게 스며들다,

스밈

S M I M

철없게 쉼표 하나

너에게
스며들다,
스밈
S M I M

김승건 · 김한슬 · 김현진
오동민 · 오지현 · 이준우

아이북

힘든 삶을 버티게 해줄 '시'를 위하여

주상태 〈중대부속중학교 국어교사〉

이건 꿈이었다. 누구나 상상하지만 실제 해보기는 쉽지 않은 일이기 때문이다. 현실은 그 꿈을 꾸기에는 아직 척박하다. 사실 그것 정도였는데, 그것도 못한다는 사실이 너무 가슴 아프다. 그냥 아이들끼리 시를 쓰면서 삶을 아름답게 살려는 것뿐인데 그러지 못하는 환경이 그저 안타까울 뿐이다. 내가 가끔 삶에 쫓겨 시를 잊어버렸듯이.

처음 김한슬에게 '시모임' 이야기를 들었을 때는 설마했었다. 어렴풋이 학창시절 '시화전' 정도로 생각했다. 그것이 아니었다. 제대로 사고를 칠 모양이었다. 다시 기획 내용을 확인하고 시모임했던 이야기를 듣다가 마음이 조금씩 끌리기 시작했다. 내가 정말 좋아하는 시를 그들이 직접 짓는다는 것이었다. 그것도 고등학생이 스스로. 내 마음이 설레기 시작했다.

'정말 멋있는 일을 하고 있구나!' 하는 생각에 부럽기도 했다. 그러면서 잊고 있다가 아이들이 직접 우리집 속 작은 공간 '주책카페'에 와서 함께 이야기를 나누면서 아이들의 시에 대한 열정을 느꼈다.

'그냥 일회성이 아니겠구나.'라는 생각에 조금 당황하기도 했다. 그러면서 본격적인 창작시에 대해 이야기를 하게 되었고, 조금은 부담스러웠지만 대체로 즐겁게 시에 관한 조언을 하게 되었다.

그랬다. 부담! 있었다. 한 번에 50편 남짓한 시들을 읽고 조언을 하는 데는 시간이 필요했다. 직접 만나서 이야기하면 간단히 설명될 것을 글로 써서 보내다보니 이해하기 쉽게 써야 하는 등 어려움이 적지는 않았다. 그러다보니 2차 조언까지 해야 하는 경우도 생겨났다. 또 시집까지 출간하는 것을 목표로 한다는 일정을 알고 있기에 조언을 미룰 수가 없었다. 그런데 놀라운 일은 아이들이 시를 보내오기를 기다려졌다는 점이다. 어떤 작품은 나를 가르치기도 했고, 어떤 작품은 나를 당황스럽게 만들었다. 아이들의 작품 속에서 나를 되돌아보게 된 것이다. 아이들의 심성을 느끼면서 시가 조금씩 나에게 다가왔다. 할 말이 많아졌다. 조언이 길어지기도 했다. 혹시나 하는 마음을 담아 쓰기도 했다.

시모임 〈SMIM〉은 정말 특별하다. 힘든 대학입시를 앞둔 고등학생들이 시를 쓰면서 삶이 풍성해질 수 있겠다는 생각 때문이다. 그러면서 가능한 대로 고등학생들만이 느낄 수 있는 삶의 이야기를 구체적으로 담아냈으면 좋겠다는 생각이 들었다. 그것들이 대학입시에 힘들어 하는 아이들에게 용기를 줄 수 있을 것이라는 기대도 있어, 시집으로 잘 만들어지면 정말 좋겠다는 바람도 있었다.

문학의 힘이다. 예술의 힘이다. 그것을 믿는다. 예술을 즐기며 살아가는 삶은 풍성하다는 것을 안다. 그런 삶은 치열하다는 것도 안다. 가슴 설레다가 다가선 한 편의 시로 삶이 새로워지고 꿈을 꾼다.

끝으로 시가 아이들의 힘든 삶을 버티게 해줄 것이라고 믿는다.

예전 '삶의 고통 속에서 나를 건져 올린 것이 시'인 것처럼.

흔들리며 피는 꽃

유성호 〈하나고등학교 국어교사〉

하나고등학교에서는 스터디 모임을 '집현'이라고 한다. 모을집集, 어질현賢! 어진 사람들을 모았다는 의미가 좋아서, 그간 학생들 사이에서 자생, 자발적으로 운영되던 스터디 모임에 '집현'이라는 이름을 붙여서 학교 창의인성부 차원에서 지켜봤던 것이 2014년이었다. 언제나 처음이 그렇듯 기대와 어리숙함이 뒤섞여서 운영되기 마련이다. 그럼에도 불구하고 우리 하나고등학교의 '집현'을 생각하면 '흔들리며 피는 꽃'이라는 시의 한 구절이 떠오른다.

흔들리지 않고 피는 꽃이 어디 있으랴
이 세상 그 어떤 아름다운 꽃들도 다 흔들리면서 피었나니
흔들리면서 줄기를 곧게 세웠나니

– 도종환 시 중에서 –

'집현'에 참여하는 이유는 사람마다 다를 것이다. 일부는 사람들이 좋아서라는 답을 할 것이고, 일부는 분위기에 휩쓸려

서라는 답을 할 것이며, 어쩌면 대학을 갈 때 도움이 될 수 있을 거 같아서라고 답할지 모른다. 대학을 가기 위한 스펙이 되고자 하는 스터디모임! 그렇게 과열되는 분위기 속에서 '집현'의 시작과 운영을 염려하는 마음으로 지켜본 것도 사실이다.

그런데 아이들은 흔들리며 피었다. '집현'의 운영이 항상 즐거웠다고 말할 수 없고, 그 의도가 항상 순수했다고 말할 수는 없지만, 아이들이 스스로 모여서 흔들리는 가운데 아이들은 꽃을 피웠다.

이 시집 『너에게 스며들다, 스밈』은 2014년 한 해 동안 '집현' 운영 의도에 맞게 시를 탐구하고, 시를 나누는 가운데 성장한 이야기를 담은 것이다. 이 아이들이 쓴 글이 탁월하다라고는 말할 수 없을지 모른다. 그러나 분명하게 말할 수 있는 것은 이 아이들에게 탁월함에 대한 싹을 발견할 수 있다는 것이다. 이 아이들은 시를 읽고, 나누는 일에 몰두하였으며, 문학의 가능성에 대해 탐구하였다.

'집현'이라는 이름은 어진 사람들이 모여 있는 공동체들이라는 뜻이다. 바라기는 이 아이들이 세상의 약한 곳에 대하여 연민을 품는 현명한 이들이 되어, 우리가 발을 딛고 있는 이 땅을 조금 더 아름답게 하는 큰 도전을 지속하게 되기를 바란다.

철없는 이들의 건투를 빈다.

contents

쉼표 하나, 일상

★ ★
☆

쉼표 둘, 사람

★★
☆
쉼표 셋, 사랑

★★
☆
쉼표 넷, 성찰

쉼표 다섯, 인생

PART 1

쉼표 하나, 일상

2004년 3월. 그때 나는 초등학교 1학년 7반이었다.
처음 만난 사람들, 공기마저 낯선 공간에 서 있었던
어린 나는 아직 내 마음 깊은 곳에선 그대로 서 있다.
어느덧 시간은 흘러 초등학교를 갓 입학했던 나는
그 많았던 낯설음과 어색함은 잊은 채
고등학교 3학년 5반이 되었다.

빛나는, 20대의 출발점을 앞에 두고 있다는 말보다
자기 한 몸 가누기 힘든, 빛바랜 미성년의 끝자락이라는
말이 더 잘 어울리는 그런 고3이 되었다.
이런 퇴색의 고3은 사실 앞으로 만날
청춘보다 더 빛나는 것이다.
누군가를 가장 순수하게 대할 수
있는 내 인생의 유일한 시기.

그 짧은 유일한 기간이 바로 내가 지내온,
그리고 살아가고 있는 이 미성년의 끝자락까지의
11년이지 않을까 싶다.
태양이 지기 전 내뿜는 한줄기의 빛이 가장 강렬히
온 하늘을 제 색깔로 선연히 물들이듯 내 인생의
빛나는 11년의 끝자락도 내 인생에서 선명히 또 가장
나다운 나의 모습으로 기억되지 않을까?
가족 아닌 타인과 같은 교실에서, 기숙사에서
살 부대끼며 웃고, 울고 하며 보낸 수많은 일상.
그 순수한 추억의 파편들이 모여 어느덧 11년이 흘렀다.
그런 항상 봄날 같은 나의 11년 조각들의 이야기를
해보려 한다.

- 오동민 -

거기 빈 깡통!

오동민

야, 거기 구석에 앉아있는 너!
그래 얌마, 너 빈 깡통!

빈 깡통이 더 요란한 법이라
사람들이 손가락질할 때
얼마나 슬펐냐

아는 게 얼마 없어도
네가 아는 거 다른 애도 알라고
좋은 거 숨김없이 알려주는
그래 너, 빈 깡통

거 구석에 밟혀서
찌그러져 앉아있지 말고 이리와.

치사하게 단물 혼자만 가지고
입 싹 닫는 치사한 새 깡통보다

사람냄새 물씬 나는
네가 더 좋다.

＇

빈 깡통과
빈 수레의 기준은 없다.

다만 삐딱한 우리의 잣대가 만들어낼 뿐.

PS. 내가 빈 깡통 같고, 힘들 땐 녹음 가득 우거진 산책
길을 정말 좋아하는 노래들만 재생 목록에 넣고 들으면서
천천히 걸어보세요. 햇살좋은 날 낮이라면 공원에서 나뭇
잎 사이로 보이는 햇살을 바라보면 정말 행복해진답니다.

갈매기살

김승건

기름기 없는 자태에
처음엔 소고긴 줄 알았지

하늘의 것인 줄 알았더니
너도 나와 땅을 밟는
돼지로구나

아무런 편견 없이
한 입 씹으면

터지는 육즙
쫀득한 식감

우아하게 기름 한 방울
튀지 않고 익혀지는 너

주변의 기름기에
빠지지 않고
오로지 담백한 길을 걸어
완성한 삶

그 하늘의 이름을
고이 가져도 된다

이런 삶은
비싸게 굴어도 된다

,

갈매기살은 엄연히
일반 돼지고기와는 다릅니다.
기름마저도 우아하게 튀는 듯합니다.
그런 삶을 살고 싶습니다.

고등학생에게 바치는 시

오동민

마르고 닳도록*
EBS, EBS, EBS…

국어의 기술*? 바라지 말고
오감도* 육감도 쓰지 말고
정석*대로 열심히 열심히

수학책으로 바이블*을 쌓아도
나는 아직 개념원리*
둘 다 몰라 들입다 공식만 공식만

역시 영어는
마더텅*이 아닌지라
해도 해도 어려워

출제자의 눈*은 어떻기에
사탐은 갈수록 어려워도
쫄지 말고 수능만만*하게!

*마르고 닳도록 : 국어 기출 문제집. *국어의 기술 : 국어과목 학습서.
*오감도 : 수능 실전 대비 문제집. *(수학의)정석 : 수학과목 학습서.
*(수학의)바이블 : 수능 대비 수학 학습서. *개념원리 : 수학과목 학습서.
*마더텅 : 중고학습교재 전문출판사 *출제자의 눈 : 사회탐구과목 인터넷강의 교재
*수능만만 : 수능 실전 대비 문제집.

20

,

문제집 양과 공부가
꼭 비례하진 않는다.

고로 꼭 필요한 문제집만 사자!

1년 동안 함께할 면학실 책상. 친구들의 응원메시지.
내가 나에게 전하는 응원의 말들 한가득.
그리고 책은 많지만 아직 공부 못한 게 너무 많아
슬프다ㅠㅠ

나도 스타

이준우

작은 창에 담긴 세상
그곳은
부러운 일로 가득 차 있다

침대에 비스듬이 기대어
기쁜 소식들을 함께 나눈다

축구선수의 골과 화려한 세레모니
한 팝가수의 열정적인 라이브공연
미남 모델의 매력적인 포즈

수십만 명의 사람 중 하나가 되어
그들을 축하하고 동경한다

이젠 돌아갈 시간이다

손에 펜을 잡고
머리를 쥐어뜯는 세레모니를 하고
샤워실의 비정기적인 1인 콘서트
점호 전 침대 속에서 꿈틀거린다

나름 비슷한데
뉴스에 안 나와서 그렇지

졸업 체육대회 때 나의 진정한
세레모니를 보여주마

누룽지는 왜 고소할까?

김현진

누룽지는 언제나
어두운 가마솥 깊은 곳으로

보글보글 터질듯이
밖으로 밖으로 올라가도

얄미운 가마솥 뚜껑은 열리지 않고
다시 바닥 깊은 세계로
고이 접어 놓아둔다

뚜껑을 두드리려다
다시 아래로 내려오며
차곡이 둥글게 모인다

모인 마음과 시간들은
따뜻하게 달구어진다

오래되어
누르스름해진 마음이
참으로 맛있다

,

누룽지는 언제나 맛있다.

서투르다고, 느리다고 걱정하지 마세요.
지금 이 순간들이 모여서 고소해질 거예요!

고3의 밤

오동민

공부하기 싫은 날
하루 종일 놀다보면
밤에서야 찾아오는
수능 손님, 인생 손님

엄마의 잔소리보다
더 무서운 밤손님

시시하다며 안 보던 그 웹툰이
요즘 따라 왜 이리 재밌는지
성적은 후행 중 웹툰은 정주행 중

한심스런 얼굴로 이런 나를 보는
손님들의 눈동자엔
모두가 시작한 치열한 경기에
아직 준비운동도 안한
내가 보인다.

"거 참 속도 좋은 놈"

기막히다는 얼굴로
한마디 퉁명스레 던지는 손님들
게을러터진 나를 비꼬며
어느새 하나둘 자리를 뜬다.

손님들이 다 떠나간 빈자리
그 빈자리만큼 공허해지는 머릿속

오늘 하루 속 편히 놀고 또 논
이 속 좋은 놈은 거울 속에 비친
이 속 터지는 놈을 보며 자책하다
어느새 쿨쿨 잘도 잔다.

,

여러분 모두 다 잘 될 거에요:)
오늘도, 내일도 파이팅!

자정엔 온쉼표를

오동민

독서실 나와
재빨리 도착한 집

책상과 침대
수능특강과 컴퓨터
인강과 카톡

훌륭히 제 역할을 해낸 시계바늘에게
주어지는 오늘과 내일의 선택지

그리고
내게도 주어진 선택지

"오늘도 수고했어"
열심히 달려 어느덧 숨찬 하루의 끝, 자정
내일을 택하는 시계바늘처럼 수고한 나를 위해
달콤한 선택을 해본다.

,

12시 10분.
(밤 점호가 끝난 이후의 취침시간)
룸메들과 함께하는
하루 중 가장 기쁘고, 슬프고,
뿌듯한 시간 :)

잠의 역설

김한슬

인간은 죽지 않기 위해 잔다.
나는 인간이다.
나는 죽지 않기 위해 잔다.

학생은 죽지 않기 위해 일어난다.
나는 학생이다.
나는 죽지 않기 위해 일어난다.

나는 죽지 않기 위해
오늘도 힘겹게 아침을 맞이한다.

나는 과연 인간일까?

,

오늘도 모닝콜을 들을 수 없었다...

ㅠㅠ

이름 스티커

김한슬

설레는 마음가짐
또렷한 목표
오늘보다
작년보다 나은 한해를 맞이하여
새로 산 공책에 이름 스티커를 붙인다.
공부할 때보다 더 아슬한 맘으로,
심혈을 기울여,
차분하고도 세심하게,
손끝따라 온몸이 긴장하며,
조오-심스으-레에-
수학ㆍ 좌로 9 삐뚤
문학ㆍ우로 5 삐뚤
영어ㆍ모르고 떨어뜨려 기괴한 곳에 불시착
초 집중 뒤
귓가에 들려오는
깔깔대는 비웃음 소리
속상한 귓바퀴,
포기하는 마음에
울음 가득
대충 뜯어, 대강 붙여본
윤리와 사상, 그 위의 스티커는

내가 지금껏 한 번도 보지도 못할 만큼
정갈하고 예쁘게 찰싹 엎어져 있었다.

순간
활짝 핀 희망의 웃음꽃

그 꽃이
울음을 머금고 화사하게 빛난다.

두근두근 새학기!

힘든 하루

김현진

아침바람이 거세다

너무 많이 먹어서
너무 늦게 자서

하나둘씩 변명의 꼬리표를
만든다

조금 빗나가 찢어져버린
흰 종이를, 그 하루를

참지 못하고
휴지통에 버려버린다

,

먹구름 뒤, 날씨 맑음.

이 순간을 구겨 버리기에는 구름 뒤에 숨은
햇님에게 미안하다.

시간의 무게

오지현

어제 죽은 이가
갈망했을지도 모르는
금쪽같은 오늘이

어둠 속 가리운
어제가 되어버리기 전에,

권태의 한숨과
희망의 한줌이
뒤섞인

순간순간의

무거움.

그 무거움을
견디어 내자.

한순간, 한순간이 너무나 소중하고, 또 그렇기에 너무나 무겁습니다. 이 소중한 시간들을 감히 어떻게 경영해야 할지 갈피를 잡기 어려울 정도로요. 그래서 제게는 한 가지 소원이 있습니다.

〈시간 가는 줄 모를 정도로 미치도록 행복하게 살자.〉

근데 신기한 게 뭔 줄 아세요? 행복이란 건, 사람 마음먹기에 달렸다는 겁니다. 사실 행복이란 게 뭐 있겠습니까? 물론 사람마다 중요하게 여기는 가치는 조금씩 다를 수는 있습니다만, 인간이라고 하는 존재는 생각보다 단순해서 행복이라는 것도 그저 주위 사람들에게서 존재감을 확인하고, 좋아하는 일을 할 수 있을 만큼 배워 진짜 그 좋아하는 일을 할 수 있고, 자신의 모자람을 채워줄 수 있는 찰떡궁합 왕자님, 공주님을 만나 사랑을 하고 똑닮은 아이를 낳고, 이렇게 지극히 평범해 보이는 데서 오는 게 아닐까 싶습니다.

시간은 소리 없이 흘러갑니다. 분명 흘러가고 있는데, 티를 내지 않습니다. 세월따라 쭈글쭈글해지는 껍데기와 채워져 가는 듯 채워지지 않는 우리의 정신을 통해 시간이 많이 흘렀다는 것을 짐작할 뿐이죠. 그런데 우리 인간은 그 끝없는 시간의 대역사 속에 아무도 모르게 끼어 들어와 털끝 하나라도 흔적을 남기고 싶어 아등바등거립니다.

시간과 행복. 어느 학자의 말대로, 우리는 시간 앞에서 유한하기 때문에 인생이 가치 있어지는 걸까요? 우리의 진짜 행복은 과연 어디에 있는 것일까요? 답은 없습니다. 대신, 듣기만 해도 기분 좋아지는 행복한 노래를 추천합니다~

♬ Jason Mraz-〈I'm Yours〉〈Lucky〉
박재범-〈Joah〉

샤워실의 바보

오동민

프리드먼은 말한다.
뜨거운 물 틀다, 찬물 틀다
정작 샤워 못하는
바보가 있다고

샤워실에서, 나는 바보다
화나는 생각, 슬픈 생각
번갈아하는

오늘의 고됨을
다 씻어내고
춤도 추고 노래도 하는

하루 삼십분
프리드먼의 바보가 되도 좋을.
수증기 덕에 유난히 더 예뻐보이는
물소리 덕에 청승맞아도 되는

아마 프리드먼도 바보였을
하루 삼십분.

,

흥이 많은 친구들!
사실 룸메들이 샤워할 때
말은 안 해도 노래하는 거
싫어할지도 몰라요^-^

사랑하는 내 15명의 룸메이트들!
빨리 대학가서 여행가자. 그때까지 파이팅♥

낙엽들

김승건

차디찬 모퉁이 돌아가는 길에
춥지 말라고

혼자 부는 바람
손잡고 함께

철모르고 자기 옷 다 떨군
가로수 같은 자식새끼 밑에
춥지 말라고

할아버지의 적적함에
지를 밟고 웃으셨으면 하고
깔린
낙엽들

지들끼리 모여있네
춥지 말라고
서로
서러워 말자고

,

혼자 떨어졌지만
지금은 함께입니다

마주하다

김현진

수업하는 창문 너머
무심코 마주친 해님의 손 인사

빠르게 정확히 라고 외치는
수학공식들의 손을 놓아주고

나도 모르게 잡은 손

그제야 내 눈에 비친
바람을 맞이하는 휑한 나무들

푸르던 잎사귀들 어느새 사라지고
붉은빛 홍조를 띠우던 모습 그새 감추고
차가운 바람에 외로이 흔들리고 있는
휑한 나무들을 보았다.

언제부터 우리들은
세월도 잊은 채, 행복도 잊은 채
휑한 나무가 되었던가.

’
푸릇푸릇한 잎사귀를
흔들며 방긋^^

산타할아버지들께

김현진

빨간 하얀 색종이로
산타할아버지를 접는다

어릴 적 양말 속에 선물을
넣어주던 그 할아버지를 접는다

이제는 트리보다 훌쩍 컸지만
높디높던 트리를 그리며
할아버지를 접는다

그러고는 방문에 붙였다

한 번도 만나지 못한
마음속으로 그려왔던
나의 얼굴 없는 산타할아버지

,

세상 모든 아이들의
산타할아버지들께
감사드립니다.

인생은 자전거

김한슬

제1막 : 허벅다리로부터
시작되는 고통

제2막 : 폐포로 전이되는
숨막힘

이대로 끝인가?

제3막 : 무감각

무감각으로 시작되는 자유

이에 뒤따르는
아버지의 말씀

"인생은 자전거다"

고통 뒤
나를 찾아온
소중한
한마디
이후
내 인생,
그 한때의 저림은
평생의 전율이 되었다.

,

아버지는~ 말하셨지~
인생을 즐겨라~

가끔은 엇박자도 괜찮아

김한슬

읽지는 않았지만
읽지도 않은 채 덮어보는

쓰지는 않았지만
쓰지도 않은 채 지워보는

쏟지는 않았지만
쏟지도 않은 채 닦아보는

걱정을 앞서는 걱정

남들보다
앞서 걷는
근심 한걸음

성급했던
걸음 하나가 만든
평생의 거친 숨

하지만
걸음을 늦추어
엇박의 리듬에
맞추며 걸으니

이제야 보이는
황홀한 운율

이제야 알게 된
이토록 따뜻한
새벽의
아침공기

이제는
남들과 달리
흥얼이며 걷는
여유의 한 걸음

,

기다려줄게, 너의
박자

절름발이

김승건

이상하게 갈라진
한 쌍의 나무젓가락

두 다리가 짝짝이라
아 오늘 재수 없는 날이구나
하고, 버릴까 생각하다

너희가 마지막이라는 것을 버린 후에 알았다면
다 끓인 컵라면을
바라보는 것만으로 만족해야 했을지도.

왜, 이제야 알았을까
각자의 위치에 있어주는 것만으로도
충분하단 것을.

다리를 절어도
한발
한발
더 깊게 패인 한쪽 발자국을 바라보는 것이
얼마나 아름다운지를.

,

존재 자체만으로 충분하다는 것을
왜 이제야 알았을까요?

PART 2

쉼표 둘, 사람

16년 동안 겪지 못했던, 예상하지 못했던 일들이
갑자기 폭포처럼 우르르 쏟아져 내렸습니다.
'나'에 대해서 가장 많이 고민하고 의문을 가지고
나 자신에 대해 뼈저리게 알게 해준 3년이라는
소중한 시간.
험난했던 우리들을 붙잡아준 것은 우리 곁에 있던
사람들이었습니다.
그리고 그제서야 너무 가까이 있어서 알지 못했던,
두 팔 벌려 거센 물줄기를 막아주던 사람들을 알게 되었고
일상처럼 흘러간 시간이
이제는 추억이 되었다는 것을 깨달았습니다.

우리는 또다시 새로운 사람들과
인연을 맺게 되었습니다.

매일매일 아침에 일어나서부터 잠들 때까지
때론 눈물을 흘리기도, 기쁨을 나누기도 하며
티격태격, 그래도 웃음 지으며 함께 달려온
소중한 사람들 덕분에 우리는 사람을 진심으로 만나고
소통하는 법을 배울 수 있었습니다.
처음에 시를 쓸 때는 몰랐습니다.
그저 나의 감정을 표현하는 것이
전부인 줄 알았습니다.
하지만 시를 통해 알게 되었습니다.
다른 사람과 진심으로 만나 소통하는 법은
바로 '공감'이었습니다.

-김현진-

예민한 고삼 원시인들

김한슬

고삼은 원시인인가봐

지나간 세월
적응된 학교

흐르는 시간
열심히 살자는 다짐 속
포근한 저 흔들의자 어딘가에서
포개어졌던
대바늘

아무리 부딪혀도
손 한번 찔리지 않게 했던
피 보지 않아도 되었던
뭉뚝한 마음씨

24억 년 전
매정했던 빙하기
지구 속 썩이려
다시 왔나

설익은 바람의 입김
어쩔 수 없이
깎이고 깎인
대바늘

머나먼 고대 육지
한 원시인의 것이었을
뼈바늘처럼
매섭게
차갑게
날카로워진다

고삼은
뼈바늘을 사용하는 원시인인가봐

,

B.C. 700,000. 너무도 추웠던 그들의 빙하기.
A.D. 2015. 너무도 시렸던 우리들의 빙하기.

장정들

김승건

장정 둘이서
지들 엄지만한 숟가락을 들고
철판을 갈아엎을 듯
빈틈을 찾아 그리도 파댄다
뼈에 붙은 고기를 파대는 생쥐마냥
옛 할머니의 볶음밥이
생각나서일까

옆에 앉은 이놈보다
치열하게
딱 붙은 밥알의 어깨동무를 헤쳐 간다
일렬로 예쁘게 배열되어
꾹꾹 눌린 누룽지
그래 이게 너를 위한 만찬이다
이거나 먹고 떨어져라

보다 못한 주인 아주머니
행여 철판에 구멍이라도 날까
조용히 지켜보다
가만히 밥 한술 더 올려주시네

,

왜 항상 누룽지가 더 맛있는 걸까?

전생

오동민

다른 건 몰라도
나, 참 전생에 착하게 살긴 했나보다

천사, 아기, 공주
이들이 모두 이번 생 내 곁에 있고,

복덩이 같은 거대토끼
하나고 아이유
미래의 아이돌 여자친구
서래마을 지킴이
눈꼽송이까지

이로 미루어 보건데
나 전생에 뭐였는지는 몰라도
하나 확실한 건
나 정말 전생에 착하게 살았나보다

,

항상 고맙고 사랑하는 친구들

너네랑 있으면
정말 내가 행복한 사람이라는
생각이 많이 들어.
지금처럼 항상 밝고, 행복한 모습으로
이번 생, 우리 같이 잘 살아보자♥

나의 룸메

이준우

생판 모르는, 피 한방울 안 섞인 사람들과
같은 방을 쓴다는 건
오히려 가족이 아닌 남이라
내 모든 걸 드러낸 것 같다

거울로 내 모습을 보는 듯하고
때론 지나가는 비행기 보듯 동경하며
추운 벌판 위 한복판에서 깨어났을 때
가장 먼저 주위에 보인 동지라
내 모든 걸 보여준 것 같기도 하다

그래서
생판 모르고, 피 한방울 안 섞여도
같은 N극이라도
같은 자석이니까
의지하고 지켜주고 싶은 것 같다

,

화내서 미안하고

더 잘해주지 못해 후회되는

내 15명의 룸메이트들을 기억하며

또 너희와 함께한 행복했던

순간들을 기억하며

멜론의 비밀

김한슬

사람들은 나보고 O형 같단다.
달콤한 향의 유머
간드러지는 미소
건강미 넘치는 색채

이거 비밀인데
실은
나 A형이야.

거센 멜론의
탄탄한 겉껍질
그 속에 숨겨진
너무나도 처지고
무르고 축축한
속살

A형의 속살은
시들히 핀
누런 고무풍선이다.

네가 던진
날카로운 작살은
거뜬히 겉을 통과해

손목 끝부터 싸아-하게
올라와

아린 촉감으로
팔을 거쳐, 어깨를 거쳐,
가슴 언저리 부근
물풍선을
아주 제대로 맞춘다.

곧 나의 멜론은
축축한 무게를
끝끝내
견디지 못하고
땅으로
한
없
이
꺼지며

나의 몸을
한없이 웅크리게 한다.

역.지.사.지 (易地思之), 그 소중한 가치

궁금지심 아지단
(궁금之心 兒之端)

오동민

수업시간 교실에 들리는
웃음소리, 공차는 소리
고개 돌아가는 소리,
헤벌쭉 정신 팔린 소리

창으로 들어오는 햇빛이
참 좋은 오늘
칠판은 앞에 있지만
하늘을 칠판 삼아 창문을 본다

창문에 빼꼼 보이는 축구공

붕 떴다가
다시
붕

누가 찬 공인지
뭐가 그렇게 재미있는지
고개 돌려 칠판을 봐도
떠나지 않는 궁금증

맹자의 사단보다
벤담의 공리주의보다,
더 궁금한 의문들

궁금한 걸 이리도 못 참는
아직 난 어린애인가 봐

,

Cogito Ergo Sum

나라는 존재에게 가장 많은 변화를 가져다주었던
'현대사회와 철학' 과목.
자유에 관해, 권리에 관해, 내 삶을 둘러싼 모든 것을 향해
사유할 수 있는 기회를 가지게 되어 무척이나 행복했다.
개인적인 바람이지만, 인문학이 경시되고 있는 우리 사회에서
인문학이 다시 그 자리를 탈환했으면 좋겠고,
우리 같은 학생들에게
자신의 존재에, 자아에, 욕망에 대해 귀 기울여볼 기회를 주는
그런 수업이 많아졌으면 한다 :)

너무도 곧았던 줄기

김한슬

얇고 여린 줄기는
아무리 꺾인들
괜찮은 척
안아픈 척
할 수 있지만

가장 곧은 줄기는
조금의 꺾임에도
그 생명을 잃는다

누군가
뚝,
꺾어놓고
모른 채 다시 세워두었나

내 눈에는
아무렇지 않은 척
여린 풀들 속
웃고 있는 네가
가장
아파 보인다

,

분명
너는 아직 질 때가 아닌데

P S. 지금 이 시를 읽고 있는 바로 너에게!

도반
-함께 도를 닦는 벗

이준우

칼바람에 손이 베일 듯하다가
이내 겨울임을 알아차리고
묵묵히 페달을 밟는다

정하지 않은 길에 올라타
지치면 뒤로 가고
답답하면 뛰쳐나와
강바람 맞으며 달린다

한 길을 따라가며
세 개의 눈과 마음이
같은 곳을 향한다

그 먼 길
그 낯선 길

서투르게나마
서로를 지키는 바람막이가 되어
봄을 향해 달린다

,
수빈, 승일과 함께한
한강 자전거 여행을 추억하며

아빠의 빼앗긴 자전거

김현진

두 개의 달을 달고
바람을 자르며 달린다

구르고 굴러서 달려간 곳에는
나무가 서 있다

나무는 더 이상 하늘을 향해
페달을 밟지 않는다

푸른 잎이 지나 붉은 잎
다시 놓아주고

언제나 그 자리에서
더 푸르른 잎을 피워낸다

큰 나무는 더 이상 하늘을 향해
다가서지 않는다

그저 새들의 집이 되어주고
작은 풀들을 위해 그늘을 만들어주고
탐스런 꽃과 열매를 피울 뿐이다

큰 나무도 작은 씨앗이었을 적
누구보다 빠르게 하늘을 향하였다.

주인을 잃고 길을 헤매는
낡은 자전거에게
그를 되돌려 주고 싶다

,

자전거하면 호수공원이죠!
다시 돌아가고 싶은 즐거운 순간!
아직 늦지 않았어요!

그리운 할머니

이준우

외할머니댁 감나무에서 떨어진 홍수감
할머니가 직접 간하신 짭조름한 김치
솥에 밥하다 생긴 누룽지
소똥내 배인 외할아버지 밭에 있던 깨

우리집 식탁 위
그 정겨운 냄새가
담뿍 담긴 정성이
밥이 되어 내게 전해졌다

문득 마트에서
내 친구들이 숨죽어
플라스틱 무덤에 묻혀 있는 걸 보았다

할머니의 정성을 담고 있던
시골집 소똥냄새 배고 있던
생명을 전하던 것들이

매서운 칼에 베어
차가운 깡통에 담겨
그 매정한 과정을 거쳐
쇠 냄새를 내뿜고 있다

문득 깨닫게 되는
내 몸속 쇠 냄새

'

안 먹어 봤으면
말하지 말라, 우리 외할머니
집밥 진짜 맛있다

퍼센트의 오류

오동민

아빠랑 말다툼을 하면
항상 엄마는 아빠 편

엄마에게
"아빠는 엄마랑 반평생
엄마는 나랑 한평생 살았다"하면

엄마는
"엄마는 아빠랑 반평생
너랑 삼분의 일평생 살았다"

한평생을 함께해도
반평생 함께한 사람에게
질 수밖에 없는

열아홉 한평생의
슬픈 오류

,

이 시를 썼을 때가 열여덟인데
어느새 열아홉이네요.
참 짧디짧은 한평생, 열 하고 아홉

시간은 참 파도처럼 밀려와 그 흔적만 남기고
포말처럼 순식간에 사라지는 것 같다.

귀가길 (歸家)

김현진

이별한다고
영원히 사라지지는 않지만

온몸으로 몸부림치며
다른 길로의
발걸음을 내려놓는 것

꿈을 위해
무지의 땅으로 걸어가는
나의 뒷모습은

얼마나 아프고 그리운 눈물을
흘리게 만들었나.

하루를 여는 일상 속의 허전함
얼마나 가슴을
시리게 만들었을까.

집으로 가는 버스에서
나에게 묻는다.

,

너무나도 가까이 있어서
지금까지 모르고 지내왔던
사람들의 소중함.

홀로서기

이준우

낯선 곳에서의 첫밤
낮의 기쁨과 활발함은 도망가고
기대가 걱정이 되어
잠드는 나를 흔들어 깨운다

낯선 방
낯선 밥
낯선 사람

낯선 곳이
낯익은 곳이 되어야 한다

한 달 그리고 일 년이 가도

좁고 따뜻한 나의 방
가끔 잔소리하는 아버지
어머니가 해주신 따뜻한 밥

그곳은
낯익은 곳
그리운 나의 집

2013년 3월 3일 밤, 침대에 누워
생각나지 않을 것만 같던
집 생각 할 때를 떠올리며

　처음 기숙사에 들어올 땐, 새로운 친구와 선생님을 만날 설렘과 고등학생이 되었다는 기대감, 그리고 첫 기숙사 생활의 기쁨에 집 생각이 나지 않을 것만 같았습니다.

　그러나 기숙사에서의 첫날밤, 룸메이트들이 다 자는 늦은 시간에 이제 이곳이 3년 동안 내가 살아가야 할 곳이라는 생각과 함께 집 생각, 가족 생각이 났습니다. 그저 재미있기만 할 것 같던 새학기였지만 17살 저는 생각보다 어렸고, 기대감과 두려움 섞인 새 시작을 앞두고 떠나온 집 생각이 났습니다.

　19살, 비록 집보다 학교가 편하고 귀가하면 서둘러 귀교하고 싶은 마음속에서도 학교생활 중 지치고 힘들 땐, 항상 집 생각이 납니다.

　항상 내 곁에 있어 소중함을 알지 못했던 것들에 대해 그때 알지 못해 미안하고 아직도 내 곁에 있어주어 고맙습니다.

내리사랑

김승건

학교 창에 부딪혀
작은 새가 죽었다
방금 엄마 얼굴 보고 온 어린 새가

일주일에 한 번 집에 돌아가
엄마 걱정 듣고 다시 기숙사에 누워
막 날개를 편 자식새끼
세상 구경하고 싶단 말에
걱정 가득한 눈빛으로
보내주었을 어미새를
떠올려본다

분명
아직도 둥지에
하나가 비었다고 걱정하며
밤새 추운 가을 공기 헤치고
날아다닐 터였다

,

학교 창문에 부딪혀 어린 새들이
더 이상 죽지 않도록 학교 창문에
부착한 맹수의 실루엣

다가가 누군가의 다리가 되어주는 것

이준우

축구하다 한 친구가 다쳤다
모두들 다가와 내미는 손

학교로 돌아가는 길
뒤처지기 시작하는 아픈 친구
다가와 같이 걷는 두세 명의 친구

학교에 와 밥을 받는다
목발 때문에 혼자 밥을 받을 수 없다
두 식판을 드는 한 친구

유난히 높아 보이는 도서관 계단 길
누군가 내 가방을 채더니
말없이 계단을 걷는다

언제나
내 다친 발이 되어준
한 친구

,

그 열정이 뼈와 살을 녹인 운동을
사랑하는 친구들에게 바치는 시

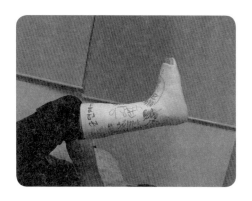

고마워, 마라톤

김한슬

후들거리는 다리로
한껏 달린다

머지않은 결승선
내리쬐는
뜨거운 구슬

온몸이 녹아내리듯
흘러내린 심장

뒤를 돌아보니
한평생 뛰어온 길,
그 길조차
아깝다고
느껴지지 않을
저릿한 무렵

모든 것을 놓아버리고
왔던 길
되돌아가려는 순간

길가에서 들려오는
"할 수 있어!"
"포기하지 마, 거의 다 왔어!"

줄곧 앞만 보고 달려온 나
걸음 멈춰
잠시 고개를 돌려보니

나를 응원해주는
수많은 사람들이
나의 무대
그 아래 보이지 않는
추운 거리를 감싸 안고 있었다.

그들이
생각보다
너무도
너무도
많았기에
다시 뒤돌아
힘내어 뛰었다.
벅찬 땀과 눈물은
은하수가 되어
그들을 머금었다.

고마워요, 감사합니다.

어머니께 바치는 시

오지현

몰랐습니다
제가 이토록 나약한 존재였는지를

어머니가 지금까지 막아주셨던 세상의 모든 악을,
이제까지 나 잘난 줄 알고 살아왔던 이 세상을,
태어나 처음으로 가을을 알게 해준 이 시간들을,
언젠간 반드시 돌아올 봄을 기약하며 저는 견뎌냈어요.

잿빛 하늘 그 짙은 어둠을 헤칠 때
생을 향해 헐떡헐떡 뛰던 나의 가슴을
온전한 당신의 영혼으로 채워주신
나의 어머니.

아무것도 보이지 않을 때
가장 온전한 분을 알게 해주시고
죄 많은 흔들리는 나그네의
가장 아름다운 친구가 되어주신

바르게 살거라,
당신이 가르쳐주신
이 모진 세상 살아가는 법을

나는
죽을 때까지 잊지 않으렵니다.

시를 쓰는 지금 이 순간에도
당신의 그 고운 눈동자,
그 두 눈에 맺힐
영원히 어린 아이가

눈앞에 아른거리는 듯합니다.

,

TO. 엄마

　엄마, 낳아주셔서 감사하다는 말, 키워주셔서 감사하다는 말,
이젠 너무 진부하게 들릴지 모르겠지만 이제야 그 말의 진정한 의
미를 알고 말할 수 있을 것 같아요.

　이곳에서 엄마 없이 지냈던 회색으로 기억되는 아픈 시간들, 그
리고 알록달록 행복했던 순간들까지도. 멀리 떨어져 있어도 그 모

든 시간들을 함께 해주신 당신의
그 영혼을, 나는 내가 할 수 있는
한 힘껏, 영원히 사랑하겠습니다.

　이젠 더이상 어리광부릴 수 없
는 나이이지만 당신께만은 영원
히 맑고 순수한 어린아이로 남고
싶습니다. 엄마 진심으로 사랑합
니다. (+물론 아빠도♡ 아빠 삐
지지 마세용~^^::)

♬ 가족사진-김진호

PART 3

쉼표 셋, 사랑

옷깃이 스치듯, 바람처럼 스쳐가는
수많은 인연들, 운명의 장난.
그 누구에게도 말할 수 없었던
비밀스런 상처를 혼자만 고이 간직했습니다.
아무리 흘려도 채워지지 않는 가슴 속 구멍 난
눈물 바구니의
추억을 혼자서만 아파했습니다.
그래서 많이 다친, 닫힌 마음.
길고 길었던 시간, 아무렇지 않게
그저 흐르는 빰을 닦게 된 그 어느 날,
고독의 그늘을 향해 닿아 있던
닫힌 문을 열어준 건
바로 '시'였습니다.

쉽게 써내려가기가

죽기보다 싫었던 그 순간마저도

시는 내게 말해주었습니다.

수수께끼 같은 인생의 해답은 멀리 있지 않다고.

오들오들 한겨울 피바람 속에서도 두 손 마주 잡을

우리의 사랑에 있다고.

그렇게 세차게 흔들리는 아픈 사랑이지만

사랑을 통해서야만 말도 안 되는 이 세상,

기꺼이 살아낼 수 있다고.

누가 뭐래도

내가 한 사랑은 정말 아름다웠다고.

- 오지현 -

고등학생의 사치

오동민

편지를 쓴다.
무슨 말을 어떻게 전해야 할지
버린 편지만 수십 장

너에게 전하고 싶은 속마음을
짧은 시 하나에 담는다.

가장 예쁜 편지지에
가장 예쁘게 써
내 이름은 지운 채
봉투에 담는다.

아무도 몰래, 너도 모르는 사이
너에게 전한다.

그냥 묵묵히
멀리 있는 것만으로도 참 좋다.

아마도 꽃말이 중간고사일
벚꽃이 가득한,
공부하기도 바쁜 봄에

교과서에서 눈을 떼
몰래 너를 살짝 바라본다.

이 봄, 너를 향해
사치를 부려본다.

,
누구를 좋아한다는 건

참 하늘에 감사한 일임에 틀림없습니다.
이성이든 친구든 진심을 다해 사랑하세요!
근데 고등학생이면 이성인 누굴 좋아하는 건 대학 가서…
(흑흑)

손톱을 뜯는 버릇

오동민

삼백육십사일
그리고 또

하루도 빠짐없이
내 손톱은 짧다
물어 뜯겨 뭉뚝하다

얼마 전
일년 반 동안 앓던
그 열병의 상대를 보내며
내 손톱은 또 뭉뚝

어찌할지 모를 때
삶이 너무 답답할 때
내 손톱은 또 뭉뚝

내 일상엔 왜 이리
내 자존심도
내 손톱도
뭉뚝해질 일만 가득한지

너무나 물어 뜯겨
이젠 그러려니 뭉뚝해진

내 손톱아

언제쯤
너처럼 뭉뚝해질까

거 참 대단한
네 인내심
나는 언제쯤 배울까

언제쯤
언제쯤…

,

손톱을 뜯는다고 해서
애정결핍인 건 아니에요

은밀

오지현

마음의 우물
저 깊은 곳에서
나를 깨우는 소리

퍼올리지 않으려고 않으려고
목구멍 안에서 뜨겁게 요동치는 갈증의 소리도
무시해버린 채

절대 퍼올린 적 없는 우물

햇볕이 뜨겁게 내리쬐는 낮이면
우물 안 물은 고통에 겨워
육중한 무게로 저 깊은 곳을 억누른다

그러나
우물 안 환하게 비추는 달이 뜨면

산짐승 여우의 소리
저 깊은 곳을 마구 흔들어

가장 깊은 곳이 가장 얕은 곳이 되고
가장 낮은 곳이 가장 높은 곳이 되어

황홀한 달 한가운데에서

달의 이끌림으로
너에게 닿아버린다

억누르고 억눌렀던 수문이 터져 나오듯
나 역시
가장 깊고 낮은 곳의 우물을 퍼올리며
그렇게 너에게 닿고자 한다

,

가장 깊고 낮은 곳의 마음으로, 그렇게 너에게 닿고 싶다.

처음 보는 사람이 그애이길 바라면서 피아노교실까지의
거리를 재봤어요. 108걸음이었죠.
한 가지 비밀만은 말해주고 싶어. 너를 만난 것 자체가
기적이야.
– 영화 〈말할 수 없는 비밀〉 –

사랑도 제철이다

오지현

발그레한 우연을 담은
무거운 수레

자연의 섭리마저 거스른
우리들의 수레는
시간과 공간의 씨실 날실을
마구잡이로 얽어놓고는

죽음의 불구덩이로 데려가
악마와 노닌다

죽었다간
다시금 빨갛게 달아오르고

또 다시금 죽었다간
모든 것의 정점의 절정에 이르는 것
빼앗길 것을 알기에 더욱 간절해지는 것

그렇기에
불이 솟는 강렬한 운명은
더 간절하고 더 아프다

，

사랑은 두뇌의
가장 고귀한 죄이다.

사랑은 악마이며, 불이며, 지옥이며, 천국이다.
쾌락과 고통, 슬픔과 후회가 모두 그곳에 있다.
– 반필드 –

광기

(태양과 바다)

오지현

진리의 바다는 널려 있고
그 광기와
절대 수렴하지 못하는 빛은
태양의 몫으로 남겨질 뿐.

영원한 바다
그 어느 곳에는
태양과 발을 맞출 수 있겠지.

시간이 지나면
태양과 바다,
하나 되는 곳이 생기겠지,
바로 영원의 세계.

태양은 바다를 보듬고
바다는 태양에게
육체며 영혼이며
자신의 모든 것을 바칠 테지.

그리고 태양은
넓디넓은 바다를

따라가지 못해
스스로를 망가뜨리지.

광기와
광기를 따라가고자 하는 이의
사랑은

인간이기를 초월한
파멸,
진리의 계시이기에.

,

프랑스 천재 시인 랭보와

그를 알아본 일류작가 베를렌느의 사랑이야기를
아시나요?
랭보는 실존적 삶을 개척하는 자유로운 영혼의
소유자였으며 베를렌느는 그의 천재성을, 그의 영혼을
유일하게 알아봐준 위대한 문장가였습니다.
그러나 그 둘은 진리를 향한 하나의 열린 문이 될 수
없었습니다. 왜 그토록 둘이 서로를 갈구하는 데도
하나가 될 수 없었을까요?

영화 〈Total Eclipse〉를 추천합니다.

따뜻한 밥

김현진

밥에서는 따스한 소리가 들린다.

저마다 아픈 상처를 가진 밥알들이
손의 손을 잡고
힘을 내라고 토닥여준다.

그렇게 시린 구멍들을
서로의 손으로 메우고는

손을 잡을수록
더욱 뜨거워진다.

날카로운 비바람에 맞서
홀로 흔들리던 쌀알들에게 생긴
작은 상처들

그들의 토닥임이 담긴 밥을
우리는 먹는다.

그리고 이 모진 세상을
살아간다.

,

보슬보슬

PART 4

쉼표 넷, 성찰

하루하루 시간에 끌려 살아가다 보면
문득 일주일, 한 달이 금방 지나가 있음을 깨닫는다.
내 앞에 놓여진 그 길을 가야겠다는 생각에
한 걸음 한 걸음 멈추지 않고 내딛어야 한다는 생각에
그렇게 바삐 내딛으며 걸어온 길 위에는
갈팡질팡 휘청거리며 찍힌 발자국들만
남아있기 마련이다.
그 발자국들을 바라보며
날 휘청이게 한 아픈 추억들을 생각하며
그런 걸음들이 모여 내가 여기 서 있다는 것을
내가 내딛는 걸음들이 보다 올곧아지고 있다는 것을
밖에서 보기엔 아직 비틀거리고 있는 내 모습일지라도

한 걸음이라도 곧게 걸으려 포기하지 않고
애쓰는 모습에
뒤돌아보기 두렵고 내 까진 살갗을 들춰내야 하는
그 시간에 그 상처가 있어
지금의 내가 아프지 않을 수 있어 고맙다.
높은 벽 아래 두려움에 떠는 나에게 손을 내민 건
길 위, 높아 보이는 벽 앞에 서서 두려워하는 예전의
나였다.

-이준우-

못생긴 가면

이준우

상상해봐라
애벌레가 나비될 생각은 안하고
거울보며 껍데기를 열심히 닦고 있다고
윤기나는 껍데기를 보고 웃는 애벌레

난 '참 멍청하다'라고 말하겠지

오늘 아침 난 열심히 거울을 봤다
얼굴에 이것저것도 바르고
유심히 살펴본다 이쪽저쪽

나비가 되고자 했던
옥구슬 같은 마음을 가진 애벌레는
껍데기에 가려져

그렇게 그렇게 살았답니다

,

십년 뒤, 지금을 추억하며 헝클어진

머리에 늘어난 후드집업이

어린 나비의 모습이었음을

깨날을 것을 알기에

나를 찾아줘

이준우

한국 사람들은 남 눈치 많이 본다더라
난 한국 토박이라 남 눈치 많이 본다

나만 눈치 보는 것도 모자라서
난 한국 토박이라 남 눈치도 많이 준다

참나

지금껏 '자아존중'이니
'나 전달법'이니
나에 관해 그렇게 많이 배웠는데

정작 남 앞에 서면 남 눈치 보기 바쁘다

아침마다 보는 껍데기도 이제 지겹다
진정한 나는 어디 있을까

세상 사람들 다 똑같으면 재미없잖아

어릴 적 나는 장난꾸러기에 울보에 심술꾸러기였다. 툭하면 울고 떼쓰고, 귀여운 거짓말과 여러 소소한 일탈들로 많은 사람을 힘들게 했지만, 지금 생각해보면 그 때의 난 정말 맑았던 것 같다.

나이가 든 지금, 난 많이 성숙해졌다. 남을 더 많이 생각할 줄 알게 되었지만 한편으론 나에 대해 더 모르게 된 것 같다. 아니, 매 순간 내 삶을 살아갈 때 어릴 적 나처럼 순수하지 못하고 자꾸 나를 가면 속에 숨기는 것 같다.

어른이 되어 가면무도회의 사회 속에서 만날 사람들 앞에서 나는 가면 없이 내 민낯을 보여주고 싶다. 내가 아닌 가면으로 남을 기쁘게 하고 싶지도, 누군가를 겁주고 싶지도 않다. 비록 모두 같은 가면을 쓰고 있다 하더라도 남이 뭐라 하든 꿋꿋이 나를 지켜나가는 그런 용기 있는 사람이 되고 싶다.

매직아이

이준우

길거리를 가다보면
참 다양한 차들이 많다
삐까뻔쩍한 차들부터
고철덩이 똥차까지
그래서 내 눈은 틀린 거다
그래서 내 맘이 틀린 거다
아빠의 피땀이 서려 있는
엄마의 따뜻함이 스며든
아들의 웃음소리가 배어 있는
누나의 생각이 담긴
한 가족의 친구의 사람의
추억이 담겨있는 차를
감히 내 멋대로 이름 붙이다니

이 세상을 살다보면
참 별난 사람들이 많다
팔방미인의 완벽남부터
만화방 츄리닝차림 백수까지
그래서 난 아직 멀었다
누군가의 이쁜 아들이자

누군가의 소중한 친구이자
누군가의 스승을

지금껏 꿋꿋이 자신의 삶을 살아온 사람의
지나온 세상이 담긴 사람을
감히 내 멋대로 판단하다니

난 아직 덜 컸다

,

내가 걸어온 길이 묻어나는

누군가 걸어온 길을

따스한 눈으로 바라보는

그런 사람이 되고 싶다

아이폰 배터리

김승건

처음엔 백퍼센트를 지키려
아동 바동 힘쓰곤 했었지

한발 한발 포기라는 이름 앞에
고개를 흔들며
뒷걸음질 치다

구십 구 프로
구십 팔 프로

그러다 팔십 프로가 되면
뒷걸음질 치다 못해
달음박질을 하고 있는 내 모습

이쯤 되면 배터리가
어서 방전되기를 바라는 기분

나의 백프로, 완벽은
머나먼 과거의 일이었나

충전기는 고사하고
보조배터리도 없는 이 마당에
화면만 보고 있다.

정작 볼 책은 뒤로 하고,
아이폰,
밝지만 그곳엔 아무것도 없다.

,

그냥 피쳐폰으로 바꿀 걸 그랬어요…

고백

오지현

나. 고백합니다.

얼룩진 뺨을 흠뻑 적셔도
배배 꼬인 베갯머리를 움켜줘도

소(小) 영겁회귀의 생
나에게는 두려움일 뿐이에요.

만물이 내게는 기적이요
두려움일 뿐인데

어린아이로 태어나
어린아이로 하직하는 것은
환멸을 잊으라 하심인가요.

차라리
미쳤었더라면.

육신보다
더더욱 당신을 좇는
나의 정신은

미치지 못해
당신께 미치지 못해

홀로 홀로
돌아 돌아
당신을 부르짖습니다.

,

영겁회귀란 시간이 원형을 이루고 그 안에서 일체의 사물, 사건
이 그대로 무한히 되풀이된다는 뜻입니다. 인생의 영겁회귀를 자
각한다는 것은 자신의 이 똑같은 생이 반복되더라도 그것을 자신
의 의지가 스스로 선택한 것으로서 받아들이려고 하는 운명애에
대한 긍정이라고 말할 수 있습니다.

♫ 윤하-<바다아이>
　 윤하-<기도>

빨강

김현진

나는 평범하고 싶다

하지만
빨강이라는 족쇄는
나를 평범보다
강렬하게 만든다

주위 사람들은
내가 빨갛기 때문에
빨강일 수밖에 없다고
가두어버린다

'빨강'이라는 강렬한
색이라도

누가 아는가?
그 속마음을

날카로운 빨강이 아닌
노을빛으로 붉게 물든
푸른 나무였다는 것을.

,

진정으로 누군가를 안다는 것은

어려운 일이다.

이별

김한슬

한 해가 지날 때마다
바뀌는 반,
바뀌는 담임,
바뀌는 나 자신이
너무 어색했다

우상들의 멀어져가는
뒷모습은
그 자체로
나의 가슴을
아리게 적셨다

올해 역시도 그러했다

목 빠지게
헤어진 이들을 기다리다가
번뜩 든 생각.
'이러다가 우울증 걸리는 거 아니야?'

헌데
짧지만 짧지만은 않은
19년의 인생을 뒤돌아보니
별탈없이 지내는 나 자신이 그 반례이더라

이제야 알겠다.

이 별이 지면 저 별이 뜨는 법
별은 없어지지 않는다
지구가 돌기에
보이지 않는 것뿐이다

과거의 내가
이 별을 되찾기 위해
지구가 돌기까지
고개 힘껏 들고
상천
하늘을 바라보았다면

올해는
내가 직접 고개를 돌려
나만의 새로운 별을 찾으리

,

만남과 이별, 슬프지만 행복한 역설

오해가 풀릴 때

이준우

나에게 소중한 존재들에게
내가 그들에게 소중하지 않다고
오해하고 의심할 때

난 아주 캄캄한 방 한켠에
혼자 웅크려 앉아 있다

칠흑 같은 어둠 속

크고 작은 오해들이 검은 기름때가 되어
내 마음을 덮어버리고
후회의 장면이 반복되며
머릿속에 악이 메아리친다

한없이 나를
한없이 너를
원망하고 미워한
방 전체를 덮은 완전한 어둠

문득 내가 호흡을 조절할 즈음
나 혼자 등 돌리고 서서
배신감이란 창살에 갇힌 날 본다

어두운 방 한켠에서
가녀린 흰 불빛이 보인다
서서히
그곳을 향해 걸어간다

,

5살, 삐치면 방에 숨어 울던
코찔찔이 울보 이준우에게

지나온 닫힌 문을 보다

이준우

수만 번 땀과 눈물 뒤섞여
정성스레 준비한
단 한 번의 기회

모두의 간절함이 담긴
인생의 수많은 관문에서
문 열고 나와 기뻐할 수 있는 사람

막다른 골목길에 몰린 사람
혹한 추위 속 혼자 두려움에 떠는 사람
한 줄기 희망
가족들의 절실한 눈망울의 바위를 짊어지고 걸어가다
그만 깔려버린 사람

넘어온 그 문으로 돌아가
닫힌 문 앞에 체념한 사람을 향한 속삭임

넘어질 수 있다고
느려도 괜찮다고
아프면 소리 내어 울라고

벽 사이에 두고
위로와 용기가 하나 되어
맞닿은 두 손

,

내 앞에 닫힌 문, 내가 지나온
닫힌 문 속 나와 함께 하던
그 수많은 만남을 기억한다

우리는 살면서 알게 모르게 경쟁 속에서 살아가고 있습니다.
내가 붙었기에 누군가는 떨어져야 하고, 내가 잡았기에 누군가는
넘어지고 맙니다.
그 누군가는 나보다 더 절실했지만 떨어지고 말았고
그 누군가는 나보다 더 노력했지만 넘어지고 말았습니다.
우리도 그것을 위해 노력했고
우리에게 소중하고 절실한 것들이 있기에
우리가 얻은 그 소중한 기회를 그저 양보할 수는 없더라도
문 앞에 주저앉아 흐느끼고 있을 그들에게 다가가
넌 정말 최선을 다해왔다고.
이번이 마지막이 아니라고.
내가 잊지 않고 기억하겠다고.
꼭 해낼 수 있다고 힘내라는 말을 건네며
따스하게 감싸줄 수 있는 사람이 되었으면 좋겠습니다.
우리 또한 수없이 넘어지고 다치겠지만
누군가가 내미는 위로의 손을 느끼며
다시 용기를 내어 살아갈 수 있는 사람이 되었으면 좋겠습니다.

결로(決路)
-길을 정하다

김승건

뿌연 물방울로 덮인 창문에
연필 잡던 손으로 쓰윽 닦인 부채꼴 바다

그가 비춘 건 절름발이다

흑색 영정에
가만히 허연 밀물이 찰 즈음

발도 없이 붙어있는
수많은 물방울의
고요를 헤치고
길을 만들며
미끄러지는 물 한 방울을 본다

나는 정해진 궤도 외
다른 걸음을 뗀 적 있었던가
남들과 같아지느라
거울을 볼 시간조차 없었다

이제는 차가워진 눈물이
자꾸만 현실을 지향하던 찰나

나는 남들과는 다른 절름발이

한쪽 발자국만 깊게 패인 길에
던져질 동정

그러나
곧 내 발길따라 다져질
꿈의 신작로, 아직은 그 입구에서

별빛
올려나볼 새 없이
형광등 불빛만 쫓던 나를
이제야 비로소 뒤돌아보았다

'

겨울철, 물방울이 맺힌 창문에
저를 비추어보며
미래를 다짐한 적이 있습니다.

소신공양(燒身供養)

김한슬

부처를 만나기 위해서는
자신의 몸에
불을 붙이는
노력이 필요하다

나는 오늘 부처를 뵈올까 한다

9

시험 d-day 0.5

수능

김현진

인생이라는 시험의 시작을 알리는
시험의 끝

상처나고
다시 딱지지며
달려온 19년이라는 인생들

그 어느 끝보다
자유로워질 것만 같은 끝

하지만 우리는 안다

이 모든 것들은
올라야 할 하나의 산일 뿐이라고

,

그러니 너무 조급해하지 않아도 된다. 당신의
여행길은 당신만이 만드는 것이니.

그 길을 걸어가며 만난 맑은 조약돌의
노래가 내 여행이니.

영원히 기억되기를

오지현

이 세상에 남고 싶어
자꾸만 채우려 드는
우리 인간들에게

한마디 하겠습니다.

공명,
그 외롭고 비참한 인류의 길을
불멸에의 의지로 이겨낸
우리의 삶이

유희,
고통이 고통을 낳는 절망의 길을
진실에 대한 두려움으로 이겨낸
우리의 삶이

잠깐의 여지도 주지 않는
두 손 가득 잡은 모래의
바람이라는 것을.

언젠가 불고 떠나갈 바람이라는 것을.

영원히 기억되고자 하는 이들과 함께
우리는
살아가고 있다는 것을.

,

ETERNAL

인간은 영원할 수 없지만
우리가 만들어갈 사랑은 영원히 남아
이 세상을 아름답게 채울 것입니다.

.

♬ 조용필-<바람의 노래>
나의 작은 지혜로는 알 수가 없네~
내가 아는 건 살아가는 방법뿐이야.

PART 5

쉼표 다섯, 인생

내가 함께하고 싶은 친구들과
내가 읽고 싶은 시를 읽고
내가 쓰고 싶은 것을 쓰고
치열한 삶 속에서
주체적으로 사는 법을 배웠습니다.
한발 한발 걸어가며
치열한 고등학교 삶 속에서
우리들이 찾은 것은 행복이었습니다.
고등학교 생활,
분명 힘들고 지친 기억이 더 많습니다.

하지만 남의 인생이 아닌

자신의 인생을 살아갈 우리들이기에,

각자의 행복을 찾아 떠날 것이기에,

우리는 시를 쓸 수 있었고

시집을 통해 우리가 찾은 가치들을

나눌 수 있었습니다.

-김승건-

누룽누룽누룽지

김한슬

나는
누룽지가 되고 싶다

떡진 그의 삶이
너무도 멋있어

한입 크으게
베어 물고

감칠나게
계속 되뇌어 본다

누룽누룽누룽지!

9

부럽다, 너, 이 친구야!

세상을 아름답게 사는 법

김한슬

짜장면 먹을 때
뭐야, 짬뽕 시킬걸
짬뽕 먹을 때
뭐야, 볶음밥 시킬걸.

의 인생보다는

짜장면 먹을 때
크아, 짬뽕은 저리 가라
짬뽕 먹을 때
크아, 짜장면은 저리 가라

의 인생이 더 맛있는 법.

이 세상은 천국이다

,

행복과 불행은 종이 한 장 차이

가을을 알게 되는 날

오지현

시를
쉽게 써내려가기가
죽기보다
싫었다

시를
쓸 때마다
차오르는

한켠 한켠
침묵에 묻어두었던
마음의 파도.

끄집어내려 들면
더욱더 숨어버리는
아픈 기억의 실타래 속에

영원히 갇힌
작은 아이를

키우고 있었다.

가을을 알게 되는 날이
아주 아주 늦게 왔으면
좋겠다, 생각했는데.

,

우리는 상처를 받습니다.

오직 자기 안위에 대한 관심으로
배려의 탈과 이해의 가면을 쓴 세상에서.

잣대와 효용과 물리적 수치를 들이대며
보편적인 것이 진리라 믿고 진실 따윈 외면받는 세상에서.

아물지 않는 상처를 지우려 애쓰지 말아요.
대신 우리가 배운 환멸, 배신, 분노, 상처를
다른 누군가는 조금 '덜' 느낄 수 있도록

좀 더 나은 세상을 만들어갑시다. 우리 다같이.

♫ Michael Jackson – <Heal the World>
  Heal the world~ Make it a better place. for you and for me~

장아찌

김승건

손에서 나는 땀에 절어
흑연 냄새 땀 냄새가 배인
앞부분만 검은
나의 책

앞부분만 절여진
장아찌가 무슨 맛이 있을까

간장냄새 식초냄새
칙칙한 옹기 구석
밤이면 오싹한 장독대
할머니의 거친 손맛
며느리의 빨리 익으라는 잔소리
덕분에 잘 담긴 우리집 장아찌

나의 무거운 엉덩이 밑에서
온전히 꿈을 품어낼 나의 장아찌

,

장아찌는 돌을 눌러 숙성시켜서
맛을 낸다고 합니다.

오래 익을수록 모습은 초라해지지만
진정 깊은 맛을 내는 장아찌처럼
저를 숙성시키고 싶습니다.

파도는 끊이지 않는다

오지현

어디에서부터 일었는지 모를
하나의 파도가 일면

몇 초 지나지 않아
또 하나의 파도가 그 뒤를 따른다.

자신의 존재를
잊지 말라 애원이라도 하듯.

인생도 그렇다.

겨우 한고비 뛰어넘으면
숨돌릴 새도 없이
또다시 찾아오는 파도 손님

그렇게 숙명같이 매질하는
파도에게서

비로소 인생을 배운다.

’

살기 위해서는 이제
뒷걸음질만이 허락된 것이라고
파도가 아가리를 쳐들고 달려드는 곳
찾아 나선 것도 아니었지만
끝내 발 디디며 서 있는 땅의 끝

그런데 이상하기도 하지.
위태로움 속에 아름다움이 스며 있다는 것이
땅끝은 늘 젖어 있다는 것이
그걸 보려고
또 몇 번은 여기에 이르리라는 것이.

- 나희덕, 〈땅끝〉 중에서 -

♫ 신해철 〈나에게 쓰는 편지〉
난 잃어버린 나를 만나고 싶어
내 마음 깊이 초라한 모습으로 힘없이 서 있는
나를 안아주고 싶어

산으로 가는 길

김현진

쉼 없이 정상만을 향하여
달리는 급행 버스 타러
학교 가는 오후

무심히 서 있는 버스 정류장에서
소녀들처럼 하하호호 웃음 지으며
수다를 떠시는 할머니들을 만났다.

어릴 적 화전을 부쳐 먹던
진달래를 담은 진홍빛 외투
모교를 추억하며
몰래 따 담은 개나리빛 모자

지나온 세월이 그려진 얼굴에는
웃음꽃이 활짝 피었다.

미친 듯이 정상만을 바라보며
달려갈 때 몰랐던 한 가지

한바탕 메아리를 외치고
산을 내려가는 길,
한 걸음씩 조심히 내딛는 발걸음에서
인사하는 꽃들을 만났다.

,

눈에 띄지 않는
아름다운 들꽃들을 만나는 법은
그리 어렵지 않다.

길 위에서

이준우

익숙한 종소리에
두 손 머리 위에 올리고
긴 한숨을 내뱉는다

지그시 눈을 감고
내가 내디딘 한 걸음을
그저 한 번 내딛음을 생각한다

나는 어떤 길 위에 서 있다
저기 보이는 문 뒤에
내가 원하는 꿈이 있다는 말에

여태껏 그 길을 뛰어 왔다
너무 느리다는 걱정과
부족하다는 사람들의 말

오늘 난 또 넘어졌다
처음 넘어졌을 땐 너무 아프고
앞으로 못 걸어 다닐까봐
주저앉아 울었다

몇 번 넘어지고 울기를 반복하다
길의 목소리를 들었다

그 길은 나를 기다려 주었다
그저 길을 걸으며 즐거워하길 바랬다

걸음이 모자라도
멈추지 않고 내디뎠음에
길이 있음을 새삼 느낀다

,

더딘 나를 기다려 주고,
지친 나에게 용기를 주신
장희민 선생님께

꿈을 키우는 학교

김한슬

너는 꿈이 뭐니?
끊임없는 학교의 질문

정말 세상은 넓을까,
사랑받을 순 있을까,
꿈을 꾸는 아이들의 꿈만 같은 고민.

나 역시도 겪는
끝없는 물음
답을 찾기 위해 떠나보는
잠깐의 휴식,
눈망울 살포시 덮는
도톰한 눈두덩이

미로 속에서의 방황
앞만 보고 헤매다
옆 사람의 환기로 보게 된
내 무릎, 그 위의 상처.

칠흙 같은 어둠에서 벗어나
다시 눈뜨게 된 순수한 눈망울로
드디어
12년이라는 세월이 빚어준
그 질문의 해답을 말해봅니다.

남들이
공부를 위해 잠을 자며 체력보충 하는 때
할아버지와 전화통화 하며 힘을 얻고

쉬는 시간 한 문제라도 더 풀려 애쓸 때
할머니께 문자 드리려 애쓰고

책을 통해 알찬 점심시간을 꾸릴 때
사랑하는 가족들과의 톡으로 행복을 꾸리는

꿈이 뭐니?

라는 질문 뒤의
명쾌한 대답.

너무 벌써부터 실현되어
한 단어로 표현할 수 없는
그 꿈은
너무도 소박한
반짝임입니다.

,

지금까지 주신 사랑들, 꼭 보답하겠습니다.

멸치에게

김승건

작디작아도 육수에 배이는 게 있는 것은
모름지기 배울 만한 것이라더라

온전히 흩어져 이루어진
바다를 품겠다는 그 꿈

네 눈물은 바다를 메웠는데
내 눈물은 소매도 적시지 못했구나

얼마나 흘려야
얼마나 갈라져야
이룰 수 있을까
꾸어보지도 못한 나의 꿈

언제쯤 너처럼
끓는 물 속에서도
꿈에 취해
춤출 수 있을까

언제쯤
꿈을 꾸어볼 수 있을까

나의 우상 멸치여

'

바다를 품을 수는 없어도
자신의 꿈으로 세상을 채우는 멸치.
멸치에 비하면
저는 한없이 작은 존재입니다.

동양화

오지현

시커먼 휘갈김과
소담한 하이얌이

풍기어 내는
오묘한 향내

검은 흔적이 미처 채울 수 없었던,
하얀 구석구석 풍기는

복사꽃 마냥
수줍은 겸손의 미덕

그러니

외로워 말아라,
백발의 붓아

네가 품은 진한 향,
그 검은 풍채를 나는 보았으니

네가 닿을 수 없었던
너의 여백에서

검은 흔적보다
훨씬 더 진한

고뇌의 향을
나는 느꼈으니

그러니
두려워 말아라
백발의 붓아,

채우려 애쓰지 않아도

그곳엔
네 향기가 난다.

,

🎵 신해철 〈불멸에 관하여〉
그대 불멸을 꿈꾸는 자여 시작은 있었으나 끝은 없으라 말하는가
왜 왜 너의 공허는 채워져야만 한다고 생각하는가
처음부터 그것은 텅 빈 채로 완성되어 있었다

우리들은 모두 장님이다

오지현

어둠 속
보이지 않는
장님의 십자가.

짊어져야 할 무엇도
짊어지고 싶은 그 무엇도,
볼 수 없는
장님의 십자가.

장님은
그를 반드시 뜨게 해줄
암흑 속 별을 찾아
온 사지를 불태운다.

그러나 그는 모른다.

나면서부터 장님이었다는 것을.
나면서부터 십자가였다는 것을.
태초부터 별은 없었다는 것을.

또
별길을 헤매는 일이
그에게 주어진 유일한 십자가였다는 것을.

우리들 모두는 삶의 짐과 같은 십자가를 짊어지고 살아가요. 하지만 우리는 살아가면서 원하지 않는데 짊어져야 할 짐들이 무엇인지, 또 스스로가 원하기에 고통스럽지만 짊어져야 할 것들이 무엇인지에 대해서 알 수 없어요. 장님에게 있어서 그의 가장 큰 십자가는 '보이지 않는 것'이 될 테고 그는 자신의 십자가를 극복하기 위해 사지를 불태우며 고난 해소의 실마리, 즉 자신의 꿈, 희망, 구원의 빛인 '별'을 찾아요. 그 별이 반드시 존재하고 그 별은 반드시 그의 눈을 뜨게 해줄 수 있을 거라는 어떤 운명, 혹은 필연에 대한 믿음을 가지고요.

그런데요. 그런 장님이, 다시 말해 우리들이 모르는 사실이 있다면 태어난 것 자체가 우리에게 십자가였고, 십자가에 대한 구원의 빛은 실제로 존재하지 않는다는 것이에요. 그러니까 사람들은 보통 지금의 고난에는 반드시 해결책이 있다고 생각하고 자신의 인생에 필연적인 인과성을 부과하여 자기 위안을 하는 경우가 많아요. 그래야 자신의 인생에 특별한 의미를 부여할 수 있고, 자신의 인생을 의미 있게 만들고 싶은 건 보편적 인간이라면 누구나가 가진 본능적 욕구니까요. 그래서 때로는 오랫동안 지속되는 고통 속에서 '왜 나에게 구원의 빛이 오지 않지?'하며 자신의 삶을 무가치한 것으로 인지하고 자신에게 십자가가 왜 주어졌으며 그 십자가는 무엇인지 끊임없이 고민하며 고통스러워해요.

그러나 자신의 인생에 필연성을 부여하지 않는다면, 그러니까 원래부터 인생에 의미라는 것이 있어서 설계된 것이 아니라, 자신이 자신의 미래를 볼 수 없는 상황에서 자신의 길을, 십자가를 고민하고 그에 따라 순간순간 맞닥뜨리는 고비를 받아들이며 이겨내며 살아가야 하는 그 자체가 그에게 주어진 삶의 숙제라는 것을 안다면 그러한 인간의 '정답 지으려는' 혹은 '무확실성'에서 연유한 고통으로부터 조금은 초연해질 수 있다는 거예요.

♬ 지오디 〈길〉
나는 왜 이 길에 서 있나, 이게 정말 나의 길인가,
이 길의 끝에서 내 꿈은 이뤄질까

별

김한슬

별은 하늘에만 있는 것이
아니다.

비온 뒤
낭랑한 하늘
영롱한 별 껴안은
빠알간 트랙

그 위에
차오른
한 폭의 꿈.

감히
밟고 있기
미안할 정도로
아름답게 박혀 있다.

빛은 하늘에만 있는 것이
아니다.

작은 풀들에 맺힌
맨몸의 물방울들은
가로등 빛을 바라보며,

붉고 평범한 트랙 벗고
운석 반짝이는 넓은 우주로
옷 갈아입는다.

우리는 굳이 하늘을 걷지 않는다.

이 찬란한 트랙만을 걸어도
충분하기에

,

너이기에 소중하고, 너이기에 충분하다

수동카메라처럼 천천히, 소소한 것을 시로 표현할 터…

김승건

디지털 카메라 같은 인생보다는 필름 카메라 같은 인생을 살고 싶다. 우리는 너무 굵직굵직한 것만 기억한다. 마치 디지털 사진을 확대했을 때 나타나는 픽셀처럼, 결혼식, 졸업식이나 되어야 케케묵은 카메라를 꺼내는 정도랄까. 게다가 거기에서 찍어내는 사진은 얼마나 또 인스턴트한지! 내가 좋아하는 광고인 박웅현 씨가 한 말이 있다. '창의성은 주변으로부터 나온다. 그것을 잡는 사람이 창의적인 사람이 되는 것이다.' 나는 이 말을 참 좋아한다. 하나의 아이디어가 탄생할 때 그 아이디어는 거창한 것으로부터 출발하지 않는다고 생각한다. 사소한 자연의 태동으로부터, 가장 '외롭고 높고 쓸쓸한' 곳으로부터 우리가 발견하는 것이다. 그 아이디어를 잡아내려면, 가장 낮은 곳, 가장 외로운 곳을 바라보는 따뜻한 시선이 있어야 한다. 조리개도, 셔터도, 초점도 수동으로 맞추어야 하는 수동카메라처럼 조금 느리더라도 내가 지금도 놓치고 있는 것들을 조금이라도 놓치지 않으려 발버둥치고 싶다.

그때 만난 것이 바로 시다. 스밈 친구들이다. 시를 읽고 창작하며 내가 지나치며 놓쳤을 것들, 시로써 표현하여 구체화된 것들이 많다.

앞으로도 시를 계속 써서 나의 안테나를 갈고닦아 더 작은 소리에 귀 기울여야겠다. 필름 카메라를 확대했을 때, 픽셀 단위가 아닌 수많은 점들로 이루어진 것을 볼 수 있는 것처럼 나의 인생도 수많은 시들로 가득 차 있었으면 한다.

청춘의 시간, 학을 접을 수 있게 해준 시들

김한슬

매년, 내 가슴 속 작은 난쟁이들은 조그마한 '학' 한 마리씩을 접는다. 어린 시절의 마음이 품기에, 아주 작은 학 몇 마리 정도는 충분했었나보다. 그때까지는 뾰족함의 아픔을 몰랐었다. 하지만 살아온 세월의 '십의 자리수'가 바뀌기 시작하자, 그들이 만드는 학의 수는 기하급수적으로 늘어났고, 내 어린 마음은 그 모든 것을 품기에 너무도 좁았다. 학의 부리, 날개, 다리가 계속 나를 찔러댔다. 특히 고1 때 가장 아팠다. 성숙한 세상 속, 아직 성숙하지 못한 나는 늘 긴장하며 살았다. 그래서 항상 피곤했고, 인생의 밋밋함에 지쳐 있었다.

그러던 어느 날, 동민이와 현진이가 나에게 다가와 "우리 시 창작 스터디 만들어서, 힐링해 볼래?"라는 제안을 하였고, 그들이 건네 준 달콤한 사탕에, 나는 무엇에 홀린 듯 내 투박한 혀를 내어주었다.

맨처음에는 스터디가 제대로 굴러가지 못했던 것이 사실이다. 나름의 우여곡절도 있었다. 솔직히, 빡빡한 고등학생의 보편적 일상 속 시간을 내어 시를 쓰는 것이 나 자신도 모르게 부담스러웠나 보다. 심지어 한번은 '그냥 그만할까?'라는 생각이 들기도 하였다.

그러나 아주 고맙게도, 우리와 함께 '시 쓰는 고등학생들'의 일원이 되고자, 아주 용기 있게 지현이, 승건이, 준우가 스밈SMIM에 먼저 손 내밀어 주었기 때문에 주변 사람들의 편견과 시선에 휩쓸리지 않고 지금의 눈부신 결과를 낳을 수 있었다.

　내가 너무도 아끼는 사랑스러운 인연들과 2년 동안 서로 울고 웃으며 시를 쓰다 보니, 자연스레 '시'는 부담이 아닌 '진심과 여유'로 다가왔다. 그리고 '시'에 풍덩 빠진 김한슬은 이제 더이샹 뾰족한 어딘가에 찔려 고통받고 있지 않았다. 학을 담고 있는 마음의 넓이가 여유로워진 듯하다. 바로 시 덕분에.

　난쟁이들아.
　언젠가 나의 가슴이 혹여 다시 쪼그라들지라도 그때마다, 고등학교 시절의 스밈을 떠올리며, 그때 읽고 썼던 시들을 작은 입술로 읊조리며, 두려워 말고, 정성껏, 아름답게 접어다오.
　이제는 20번째의 학을 접을 때가 된 것 같구나.

다른 향기를, 다른 아름다움을 알게 해준 시간

김현진

시를 쓰면서 알게 되었습니다. 우리의 곁에는 가지각색의 참 아름다운 꽃들이 살고 있었다는 것을 말입니다.

어느 날부터였는지 화려한 꽃들에게 가려져 보지 못했던 저마다 개성 넘치는 꽃들의 색들이 보이기 시작했습니다. 자신의 아름다운 모습을 바라보지 못하고 자신의 몸에 알록달록한 페인트를 묻히며 화려한 꽃이 되고자 슬퍼했던 꽃은 페인트 묻은 붓을 내려놓고 주위를 둘러보았습니다. 그리고 그는 저마다 열심히 땀을 흘려가며 일제히 페인트칠을 하고 있는 다른 꽃들을 발견했습니다.

존재하지 않는 완벽한 꽃이 되기 위해 꽃들은 갈라지는 페인트 속의 자신들의 아름다운 색들은 보지 못한 채 페인트만 덧칠하고 있었습니다. 그리고 갈라지는 틈 사이의 색들에서 그 꽃은 다른 꽃들의 아픈 상처들을 보았습니다. 누구나 완벽할 수는 없습니다. 또 상처가 없을 수도 없습니다.

화려한 꽃에게도 그들도 우리와 같기에 숨기고 싶은 아픔이 있고 걱정이 있고 고민이 있었습니다. 그리고 꽃은 꽃이라는 존재만으로 충분히 아름다웠고, 상처들은 아팠기 때문에 더욱 소중했다는 것을 알게 되었죠. 가장 놀라웠던 것이 그저 똑같은 향기를 가진 사람들이 아닌 저마다 색깔과 향기가 모두 다른 어여쁜 꽃이었다는 것입니다.

사실 시를 쓰고 친구들과 나눈다는 일은 생각보다 쉬운 일은 아니었습니다. 시를 쓴다는 것은 나를 담는 것이었고 시를 나눈다는 것은 나를 있는 그대로 보여준다는 것이었기 때문입니다. 하지만 서로의 시를 나누면서 지금까지 잊고 살아왔던 가장 소중한 것을, 고마운 일들을 깨닫게 되었습니다. 소중한 SMIM 친구들! 그래서 항상 설레었고 행복하고 고마웠습니다.

　　이제는 누구보다 다른 사람들의 향기의 아름다움을 먼저 이야기해주고 귀기울일 수 있는, 그들의 색을 소중히 여길 줄 아는 사람으로 살아가고 싶습니다.

　　마지막으로 항상 곁에서 응원해주시는 사랑하는 엄마, 아빠 정말 감사합니다!

시는 나였고, 내 친구였고, 내 안식처였다

오동민

말린 고구마, 말린 망고, 말린 무화과. 내가 아는 말린 것들은 대부분 맛있었다. 딱 한 가지, 말라버린 내 감수성만 빼고 말이다. 꼭 강릉 바닷가 한구석에서 해풍에 치이고 햇볕에 시달려 쭈글쭈글 말라가는 오징어 같은, 아니 오징어는 짠맛이라도 알지 나는 눈물이 없어 짠맛이 무엇인지 잊어버린, 오징어보다도 못한 감수성을 가진 학생이었다.

고등학교에 올라와 부모님과 떨어져 지내며 내게 변화가 생겼다. 말린 오징어보다 못한 감수성을 가진 줄만 알았던 내가 사실은 잠시 말라 있었던 스펀지였다는 것을, 그리고 그 스펀지가 다시 촉촉해질 수 있다는 것을 알게 된 것이다.

첫 시험. 처음 받아보는 성적. 자기 비관과 우울감에 빠져 나오지 못할 때 도서관에서 책 한 권을 읽었다. 그 책은 여태껏 한 번도 직접 찾아서 읽어본 적 없는 '시집'이었다.

이날 이후 자기 비관은 서서히 지워져가고 나를 압박하던 것들은 '한번 뛰어 넘어볼 만한 가치를 가진 뜀틀'이 되었다. 시와 함께하면서 나는 참 즐거웠고 행복했다. 우울감이 밀려올 때면 시를 읽어 나를 달랬고, 좋아하는 이들에게 힘내라며 내가 좋아하는 시를 써주고 그들이 힘을 내는 모습에 기뻤다. 또 민들레홀씨처럼 불어와 어느새 내 마음 틈새에 자리 잡은 사람에게 시로 마음을 전했다. 이 모든 일들에 시는 나였고, 내 친구였고, 내 안식처였다.

　이렇게 내게 희망을 주던 시를 한자 한자 써내려가면서 내 삶을 돌아보게 되었다. 덕분에 목련 꽃봉오리 하나를 보고도 따뜻함을 느끼는, 말랑말랑한 마시멜로 같은 사람이 되었다. 나라는 마른 오징어를 마시멜로로 바뀌게 도와준 우리 스밈. 정말 고맙고 같이 시를 쓸 수 있어 정말 행복했습니다.

　내 인생의 봄날, 벚꽃이 만발한 그 아름다운 장면에 흩날리는 벚꽃 잎들은 아마도 시와 스밈, 친구들이 지 않을까 싶습니다. 그리고 이 봄날을 가장 따뜻하게 만들어준 햇살 같은 우리 부모님. 항상 사랑합니다.

시 쓰고 악기 연주하는 일…
천국과 닮아 있는 세상 만들기의 시작

오지현

중학교 시절 작은 세계에 갇힌, 단조롭지만 치열했던 삶에 생기를 더해 준 좋은 벗. 시는 저에게 그런 존재였습니다. 그런데 "같이 시 한 번 써볼래?" 하며 우연히 저를 찾아온 소중한 친구들이 있었습니다. 고등학생이, 어쩌면 삶의 첫번째 가장 큰 관문을 향해 처절하게 나아가야 하는 고등학생이, 그것도 시를 쓴다니.

물론 처음엔 많이 힘들었습니다. 단 한 편의 시를 쓰기 위해 몇 시간을 눈물 흘린 적도 있었습니다. 가슴 속에 하고 싶은 말은 많은데 전하지 못한 말이 너무나도 많았던 저의 1학년 시절의 찌릿한 아픔이 온몸에 전해졌기 때문이기도 했고, 갓 태어난 아기 병아리 같이 이리 치이고 저리 치이며 부드러운 살결을 여실히 드러내놓았던 그 시절을 다시 마주하기가 두렵기 때문이기도 했습니다. 다른 모든 문학작품이 그러하듯, 그러나 시는 더더욱, 작자의 상처와 용기를 필요로 합니다. 세상의 잣대가 아닌, 있는 그대로의 자신을 바라보고 또 그걸 털어놓을 수 있는 용기 말입니다.

진실함, 믿음, 사랑, 정의, 영원함. 이러한 것들을 가슴에 가득 품고 희망찬 세상을 꿈꾸던 제게 세상은 그 악마의 소굴 같은 실상을 보여주었습니다. 어른인 척하던 어린 가슴에게 주위에서 들려오는 악마의 속삭임은 너무나도 매혹적이었습니다. 고등학교 2년 동안의 생활은 저의 육체와 정신을 피폐하게 했고, 악마의 유혹에 솔깃한 적도 분명 있을 줄로 압니다.

그러나 저는 끝끝내 제 자신을 저버리지 않았습니다. 너무나 오염되어 희미해졌을지도 모르지만 그 한 가닥을 부여잡고 인생의 마지막을 상상하며 버텼습니다.

정말 외로운 세상입니다. 모두들 행복한 웃음 속 꺼내지 못하는 말들, 슬픔, 그 속의 사연들이 많을 거라고 생각합니다. 부모님도, 가장 가까운 친구도, 인생의 반려자도 이해하지 못하는 인간 존재의 근원적인 외로움 말입니다. 참 알 수가 없습니다. 세상에 모를 일이 너무나 많습니다. 내가 이 세상에 왜 태어났는지, 어디로부터 와서 어디로 가고 있는 건지, 도대체 존재한다는 것의 근간은 무엇인지 등등. 이렇게 자신의 처절한 고독을 느끼고 받아들일 수 있으려면 많이 아파봐야 합니다. 많이 아파보고 많이 고뇌해야 합니다. 이러한 시간들은 절대 아까운 시간들이 아닙니다. 상처와 치유를 통해 인간은 자신이 절대 존재자에 조금 더 가깝게 다가가고 있음을 느낍니다. 그리고 알게 됩니다. 아, 나는 참 아무것도 아는 게 없구나, 하는 것을요.

덧없는 세상에 유일무이하게 영원할, 그러나 절대 닿을 수 없는 진리의 세계. 저는 한평생 제 인생을 위해 고뇌하고, 세상을 위해, 다른 존재자의 아픔을 위해 고뇌하고 싶습니다. 침묵의 가장자리에 있는 그 어느 것들의 심연에 흠뻑 취해 시를 쓰고 악기를 연주하고 사진을 찍는 일. 이렇게 아무것도 아닐지 모르는 일들이 제가 생각하는 천국과 조금 더 닮아 있는 따뜻한 세상을 만들 수만 있다면, 하고 간절히 소망합니다. 아무것도 아니라고 생각했던 사람이 때로는 아무도 생각할 수 없는 일을 해낸다는 말을, 저는 믿습니다.

인생의 모든 순간순간을 시로 적어나가기를…

이준우

어느 토요일 저녁이었습니다. 성당 다녀오는 길에 운동장 한편에서 시를 읽고 있는 친구들을 만났습니다. 친구들 모습이 너무 행복해 보여서 오늘 하루만 옆에서 시를 들어도 되냐고 용기를 내어 물어보았고, 제 부탁을 친구들이 흔쾌히 받아들여 주어 SMIM과 함께하게 되었습니다. 백일장에서 시를 써 본 경험이 전부였던 터라, 처음 시를 쓸 때 저의 마음은 두려움과 부담감으로 가득 찼습니다.

내가 느낀 감정을 짧은 글로 표현하고 그 글을 읽는 누군가가 나와 같은 감정을 느낄 수 있다는 건 놀라운 일이었습니다. 그만큼 어려운 일이기도 했지요. 장황함 속에 시의 말소리가 들리지 않아 차갑게만 느껴진 적도 많았습니다.

그래도 지금까지 제가 시를 쓸 수 있었던 것은 시를 쓸 때마다 부끄러워서 떨리는 목소리로 제가 쓴 시를 읽을 때 내용과는 상관없이 박수쳐 주고 웃어주던 친구들이 있었기 때문입니다. 저 또한 친구들이 쓴 시를 읽으며 기쁨을 서로 나누고 아픔을 위로하며 공감할 수 있어 시 스터디가 매일 기다려질 정도로 행복을 느꼈습니다.

제 못난 시에도 웃어주고 박수쳐 준 승진, 한슬, 동민, 지현, 현진이에게 정말 고맙고, 시 잘 쓰고 있냐고 만날 때마다 물어봐 주신 어머니, 아버지께도 고맙다는 말씀을 꼭 전해드리고 싶습니다

제 삶을 순간순간마다 비춰준 그 수많은 만남들이 소중하단 걸, 그땐 몰랐지만 지금이라도 알게 되어 다행입니다. 저는 이과라서 국어를 잘 못합니다. 하지만 지금 이 순간의 마음을 딱딱한 글자가 아닌 시로써 표현할 때, 그 마음을 잊지 않고 마음에 새길 수 있다는 것을 SMIM과 함께한 소중한 시간들 덕에 깨닫게 되었습니다. 나 자신에게 솔직할 때, 내 마음이 가는 대로 한 글자 한 글자 적어나갈 때 비로소 좋은 시가 탄생하기 때문입니다.

　그러니 이 책을 읽는 여러분들도 인생의 모든 순간순간을 시로 적어나갔으면 좋겠습니다.

　'시 같은 인생을 살 수 있다면, 시 같은 인생을 살고 싶다.'

철없던 우리에게 스며들어 철들게 만들어준 시, 스터디, 스밈

김한슬('스밈' 스터디장)

16년 동안 가슴 속에 박혀 있던 '고등학생'의 이미지는 가혹했다.

머리가 아닌 가슴으로 다가오는 부담감, 두 귀뿐만 아니라, 온몸을 파고드는 스트레스로 어떻게 3년을 견디나 싶었다.

사람답지 않은 고등학생이 되고 싶진 않았다. 그러나 피하고 싶었던 고등학교 생활은 어김없이 찾아왔고 정말 견디기 쉽지 않았다.

꿈꾸던 유토피아는 늘 배워왔던 것처럼 현실에 존재하지 않았다. 근 10년간 틀에 박힌 욕조 속에서 정량의 사료, 정량의 공기방울을 끔뻑끔뻑 들이켰던 작은 송사리는 만경창파(萬頃蒼波)를 어떻게 다루는지 몰랐다. 더이상 색칠공부를 할 수 없었다. 주어진 것은 흰 도화지와 지금까지 한 번도 보지 못했던 수천 개의 찬란한 색을 지닌 크레파스뿐이었다.

무엇을 그릴지 정말 고민했다. 16년 동안 맞아보지 못한 돌풍을 3년 동안 몰아쳐서 되받는 듯했다. 너무 두려웠다. 새로운 길에 덜컥 움츠러들었다. 힘들어 지쳐 기어 다니는 지경에 다다랐을 때 2014학년도 입학식 때 학교에 크게 걸려 있던 시 한 편이 떠올랐다.

가는 데까지 가거라
가다가 막히면
앉아서 쉬거라
쉬다보면
새로운 길이 보이리

속눈썹에 정전기가 온 듯 순간 스치는 짜릿함이었다.

맞다. 나의 영혼은 너무도 지쳐 있었다. 우리에게는 잠시 앉았다 갈 느티나무 같은 쉼표가 필요했다. 이후 서로 마음이 맞는 친구들끼리 삼삼오오 모여 흰 도화지에 시를 쓰기 시작했다. 그렇게 해서, 우리 모임의 이름은 서로의 '시'에 스며들어 힐링을 추구하자는 의미를 지닌 '스밈'으로 지어졌다.

'시 모임'을 진행해 나아가며 우리 모임의 취지는 조금씩 발전해 나아갔다. 주말마다 풍요로운 시의 세계에 빠져 살다 보니 평일마다 돌아오는 치열한 경쟁의 고교생활을 객관적이고 비판적인 눈으로 바라볼 수 있었다. 우리들의 눈에 보인 고등학생들은 고기를 잡는 법이 아닌, 잡은 고기를 억지로 먹게 강요하는 대한민국 입시의 굴레 속 반복되는 처절한 일상에 극심한 고통을 받아 세상에 흥미를 잃고, 자신의 꿈은 이미 현실이 만들어놓은 장벽 저 어딘가에 포기하고 던져 둔 채, 남들이 시켜가는 것만을 하며, 그저 시간이 빨리 흘러가기를 바라는 울상 그 자체였다.

그들의 눈은 꿈과 열정이 넘치는 우람한 '곰'의 기상이 아닌, 공장에서 찍어낸 획일적 표정의 '테디베어'와 같은 무력함을 뿜고 있었다. 앞으로 우리 세대가 이끌어나갈 사회에 생명력 넘치는 자연의 기류가 아닌 인공적인 인형공장의 본드향이 풍길 것만 같았다. 무엇인가가 잘못되었고, 우리는 무엇인가를 바꾸어야 했다. 물론 그렇다고 나약한 우리가 이 거대한 세상을 완전히 뒤바꾸겠다는, 허황된 야망을 꿈꾸는 것은 아니다. 그리고 당연히, 학생이라면 주어진 시기에, 남들이 쥐어준 제도에 따라 한번쯤 공부에 미쳐보는 것도 필요하다고 생각한다.

하지만 그 제도에 결코 이끌려서는 안 된다. 진정한 '나'의 인생을 꾸려나가기 위해선 틀에 박힌 일상 속, 미래에 대한 자신의 신념을 잊지 않은 채 자신을 위한 시간을 생산해내는 것이 꼭 필요하다고 느꼈다.

그래서 남들에게 바뀌어볼 것을 요구하기 전에 우리가 먼저 바뀌어보기로 했다. 적어도 우리가 이끌어가는 세상은, 서로가 서로에게 '스며들어' 나 아닌 다른 사람을 외면하지 않고, 서로의 아픈 상처들을 위로하며 배려해주는 세상이길 바랬고, 우리 '스밈'의 일원들은 이러한 우리의 꿈을 우리들의 소박한 시로 실현시키고자 했다.

그렇게 '스밈'은 시를 썼다. 따라서 우리 모임은 '쉼'뿐만이 아니라 '미래의 나'를 위한 도구로서의 역할을 도맡았다. 하지만 난관에 부딪혔다. '미성숙한 고등학생'인 우리들에게 있어서 주변 사람들의 시선과 발언은 늘 신경이 쓰였다.

　"입시 준비만 하기에도 바쁜데, 시를 써?"

　"그 시간에 수학 한 문제를 더 푸는 게 도움될 거다."

　"시집? 내려면 나중에 내. 지금은 공부할 때야. 이 철없는 고3아."

　철없다는 말.

　우리들이 굉장히 많이 들었던 말이다. 그리고 사실 이 말에 가장 많이 흔들리고 상처를 받았었다. 하지만 묵묵히 시를 써내려가는 도중 문득 이러한 생각이 떠올랐다.

　'학생 때 아니면, 언제 한번 철없게 살아보지?'

　고등학생, '어른'이라고 하기엔 어리고 '어린이'라고 하기엔 성숙한, 애매한 나이. 그렇기에 '철없음'이 허용되는 가장 마지막 나이. 생각해보니 철없는 고등학생은 당연한 것이었다. 철없는 고등학생은 당당해도 되는 것이었다. 그리고 19살인 우리에게는 고등학생다운 것이 가장 사람다운 것이었다.

　이렇게 해서 철없는 '스밈'의 활동은 끊임없이 이어졌고, 첫 시집을 출간하게 되었으며, 그 제목은 '너에게 스며들다 - - 스밈'이 되었다.

3년, 한참 철없었던 우리는 자기 자신에게 스며들어 시를 썼다.

그리고 최근, 우리는 그동안 우리가 함께 나누었던 시를 읽으며 깨달았다. 철없었던 우리의 행동이 결국 우리를 철들게 만들어 주었음을 말이다.

마지막으로 철없는 '스밈'을 끝까지 믿고 응원해주신 모든 분들께 감사의 인사를 전하고 싶다.

철없게 쉼표 하나

너에게
스며들다,
스밈

초판 1쇄 발행일   2015년 7월 10일
초판 2쇄 발행일   2015년 11월 25일

지은이   김승건외 5인
펴낸이   권성자
펴낸 곳   도서출판 아이북
본문 표지 디자인   김지연

주   소   04016 서울 마포구 희우정로13길 10-10, 1F 도서출판 아이북
전   화   02-338-7813~7814
팩   스   02-6455-5994
출판등록번호   10-1953호 등록일자 2000년 4월 18일
이메일   ibookpub@naver.com
홈페이지   www.makingbook.net

값 9,000원

ISBN 978-89-89968-89-4   03810